KB0044574

1989년도 제3회

소월시문학상 작품집

문학사상사

제3회 소월시문학상 대상 선정이유서

  어떤 어려운 시대에 있어서도 이를 도와주는 한줄기 빛이 열려 있음을 우리는 안다. 아울러 깨어있는 감수성으로 인류와 개인이 직면하는 혼돈과 곤혹을 감지하면서 정진적 진실의 은혜로운 긍정주의로 이를 타개하려 애쓰는 몇몇 시인이 있었음을 또한 우리는 알고 있다. 시인 정호승은 아름답고 장한 것, 귀하고 연민스럽고 무한히 사랑하게 되는 바의 생명 있는 만상을 찾아 이름부르며 예까지 온 사람이며 그 소중한 위안들을 동시대인 다수에게 공손히 나누어 왔었기도 하다. 이에 본 선고 위원회는 그가 지향해온 시정신과 그간의 업적을 평가하여 소월시문학상을 수여하고 시인의 전도를 크게 축복함과 동시에 신선한 첫수상의 화려한 감동을 가려져 있는 여러 탁월한 시인들과 함께 하고자 한다.

소월시문학상 선고위원회

김남조·김용직·이어령·황동규·김현·권영민

차례

【대상 수상작】
정호승

신달자

이성복

이시영

임영조

최두석

최승호

【심사위원 6인의 심사평】

【수상연설문】

정호승

임진강에서 외

1950년 대구 출생

경희대 대학원 국문과 졸업

1973년 《대한일보》 신춘문예 시 당선 데뷔

1982년 《조선일보》 신춘문예 소설 당선

1982년 제3회 소월시문학상 수상

시집 《슬픔이 기쁨에게》 《서울의 예수》 《새벽편지》 등

임진강에서

아버지 이제 그만 돌아가세요
임진강 샛강가로 저를 찾지 마세요
찬 강바람이 아버지의 야윈 옷깃을 스치면
오히려 제 가슴이 춥고 서럽습니다
가난한 아버지의 작은 볏단 같았던
저는 결코 눈물 흘리지 않았으므로
아버지 이제 그만 발걸음을 돌리세요
삶이란 마침내 강물 같은 것이라고
강물 위에 부서지는 햇살 같은 것이라고
아버지도 저만치 강물이 되어
뒤돌아보지 말고 흘러가세요
이곳에서 그리움 때문에 꽃은 피고
기다리는 자의 새벽도 밝아옵니다
길 잃은 임진강의 왜가리들은
더 따뜻한 곳을 찾아 길을 떠나고
길을 기다리는 자의 새벽길 되어
어둠의 그림자로 햇살이 되어
저도 이제 어디론가 길 떠납니다
찬 겨울 밤하늘에 초승달 뜨고
초승달 비껴가며 흰기러기떼 날면

그 어디쯤 제가 있다고 생각하세요
오늘도 샛강가로 저를 찾으신
강가에 얼어붙은 검불 같은 아버지

이별에게

내 너를 위해 더듬이를 잘라야겠느냐
내 너를 위해 저녁해를 따라가야겠느냐
모래내 성당의 종소리는 들리는데
개연꽃 피는 밤에 가을달은 밝은데
가슴마다 짓이겨진 꽃잎이 되어
꽃잎 위에 홀로 앉은 벌레가 되어
내 너를 위해 눈물마저 버려야겠느냐
내 너를 위해 날개마저 꺾어야겠느냐

당신에게

해질 무렵
서울 가는 야간열차의 기적소리를 들으며
산그림자가 소리없이 내 무덤을 밟고 지나가면
아직도 나에게는
기다림이 남아 있다

바람도 산길을 잃어버린
산새마저 날아가 돌아오지 않는
두 번 다시 잠들 수 없는 밤이 오면
아직도 나에게는
산새의 길이 남아 있다

어느 날 찬바람 눈길 속으로
푸른 하늘 등에 지고 산을 올라와
국화 한 송이 내 무덤 앞에 놓고 간
흰 발자국만 꽃잎처럼 흩뿌리고 돌아선
당신은 진정 누구인가

어둠 속에서도 풀잎들은 자라고
오늘도 서울 가는 야간열차의 흐린 불빛을 바라보며

내가 던진 마음 하나 별이 되어 사라지면
아직도 나에게는
그리움의 죄는 남아 있다.

시인(詩人) 윤동주지묘(尹東柱之墓)

무덤 속에서도 만나보고 싶은 사람이 있다
무덤 속에서도 바라보고 싶은 별들이 있다

잎새에 이는 바람은 잠이 들고
바다는 조용히 땅에 눕는다

그 얼마나 어둠이 깊어 갔기에
아침도 없이 또 밤은 오는가

무덤 속에서도 열어 보고 싶은 창문이 있다
무덤 속에서도 불러 보고 싶은 노래가 있다

갈대

오늘도 내 마음이 무덤입니다
헤어지는 날까지 강가에 살겠습니다

들녘엔 개쑥이 돋고
하루하루가 최후의 날처럼 지나가도

쓰러질 수밖에 없었을 때는
또 일어설 수밖에 없었습니다

눈물을 다하고 마침내 통곡을 다하고
광야에 바람 한 점 불지 않아도

누가 보자기를 풀어
푸른 하늘을 펼쳐 놓으면

먼 길 떠나는 날 이 아침에
오늘도 내 마음이 무덤입니다

산길에서

해가 떠도 그대 그림자가 없네
무덤 위에 내리는 봄눈이 되어
어둔 하늘 건너서 어디로 갔나
진달래 꽃 새벽을 보지 못하고
밤 사이 붉은 피 쏟고 간 뒤에
북창(北窓)의 바람 따라 강가로 갔나
해는 져도 그대는 보이지 않고
무덤은 왜 그리 슬프게 생겼는지
잎새마다 이슬끼리 떨어지는 소리
산길마다 메아리도 끊어지는 소리

무덤에서

무덤 속에 누워서 창문을 열면
때로는 눈 내리는 날도 있어
딱 딱 삭정이 꺾이는 소리
무덤가에 나뒹구는 솔방울 몇 개
눈 맞으며 하염없이 나를 바라보는
그 눈빛 서러워 노래라도 부르면
때로는 싸리꽃 피는 날도 있어
푸른 하늘 날으는 죽은 새의 그림자

기다림

눈이 내리기를 기다리며
산을 바라본다

산이 무너지기를 기다리며
눈이 내린다

하늘이 무너지기를 기다리며
눈길을 걷는다

나에게는 아직도
복수의 길이 남아 있다

밤이 되자
별들도 술이 취했다

히로히토에게

너는 죽어서도 죽을 수 없다
너는 죽어서도 우리가 용서할 수 없다
너는 죽어서도 무덤에 잠들 수 없다
너는 무덤에서도 살아서 죽어야 한다
한반도에 내뱉은 너의 가래침이
아직도 마르지 않았음을 나는 아노니
너는 죽어서도 죽은 자의 행복을 누릴 수 없다
너는 죽어서도 죽은 자의 웃음을 웃을 수 없다
너는 죽어서도 대한해협을 헤엄쳐 건너와
남북한 집집마다 고개 숙여야 하노니
하느님은 우리보다 자비로우시도다
죽음은 우리보다 평화로우시도다

북한산(北韓産) 명태에게

하늘은 붉고 날은 흐리다
어머니는 오늘도 겨울산에 올라
북으로 간 아버지를 그리워한다
너 무슨 그리움의 죄가 그리 많아서
원산 덕장 찬바람 속에 매달려 있었느냐
하늘 향해 겨우내 입을 딱 벌리고
두 눈 부릅뜬 채 기다리고 있었느냐
북으로 간 아버지를 기다리던 어머니는
온몸에 물기 하나 남기지 않고
대관령 눈보라에 황태가 되어
북녘 하늘 바라보다 온몸이 뜯기나니
네 가슴은 아직도 동해의 푸른 물결
이제는 죽음도 눈물도 아프지 않아
너만이 통일을 이룩하였구나
흰 새벽바람에 눈이 시리다

박정만(朴正萬)

내 무덤 위로
푸른 하늘이 잠시 머무르게 해 다오
바람이 불고 눈이 내리고
내 무덤이 평평해질 때까지
누가 제비붓꽃 한 송이 피어나게 해 다오
나는 이제
인생이 흘리는 눈물을 흘리지 않아도 좋나니
길도 없는 길을 걷다가
뜻밖에 저녁노을이 질 때
누가 잠시 발길을 돌려
내 무덤 앞에 나무십자가 하나를 세워다고
밤바람이 흘러가는 곳으로
새벽별들이 스러지면
또 한 사람 발길을 멈추고
누가 촛불 하나 켜주고는 돌아가 주오

저녁별

빈 손을 들고 무덤으로 간다
국화 몇 송이 문득 강가에 내던지고
오직 빈 손으로 저녁날 무덤가에 가서
마른 풀들의 가슴에 내 가슴을 묻는다
분노가 있어야 사랑은 있고
희망이 있어야 노래는 있는가
검정딱새 한 마리 내 뒤를 따라와
눈물의 붉은 비 거두어가고
어느덧 무덤가에 스치는 저녁별

편지

축하한다
이가 시리도록
차고 맑게 살다간
너의 일생을

축하한다
눈보다 희고
짧고 작게 살다간
너의 영혼을

축하한다
그러나
한반도는 쓸쓸하다

북한산에
눈이 내리고
또 녹았다

눈길

그는 가고 없다 마지막 날에
눈길을 내고 그는 가고 없다

앉은뱅이꽃 하나 눈길 밖으로
마른 대궁을 쳐들고 울고 있고
또 누구의 꽃상여 하나 울며 지나간다

이 강산 천지의 눈길을 따라
누가 내 가슴의 무덤을 안고 가나

꽃상여가 지나간 눈길 위에
오늘따라 바람의 냄새는 차다

겨울날

그 깃발 아래로 눈이 내린다
벌써 진달래는 진 지 오래다
아무도 이 세상에 불을 지르러 오지 않고
눈길에 발자국을 남긴 자는 괴롭다
벼랑 위에 내리는 진눈깨비는
녹는 것이 서러워 또 내리고
그 깃발 아래로 날리는 눈발

그 사내

그 사내 이제는
태백산맥으로 누워 있네

객주집은 없어도
저녁눈을 맞으며

눈길이 되어
한반도에 누워 있더니

그 사내 이제는
삭풍이 되어

백매화 홀로
바람에 날리네

샛강가에서

아들아
천지에 우박이라도 내렸으면
오늘도 나는 네가 그리워
너를 보낸 샛강가에 홀로 나와
내 넋을 놓고 앉아 사무치나니
아무도 너를 미워할 수 없고
아무도 너를 묶을 수 없고
아무도 너를 죽일 수 없었으나
바람은 또다시 재를 날리고
강가의 나무들도 잎새가 진다
강물은 말없이 저 혼자 흘러
어느새 지는 짧은 겨울해
빈 들을 스치는 바람소리처럼
붉은 새 한 마리 날아와 우는
무거운 이 땅 하늘을 뚫고
아들아
천지에 우박이라도 내렸으면

아무도 슬프지 않도록

우리 다시 만날 때까지
아무도 슬프지 않도록
그대 잠들지 말아라

마음이 착하다는 것은
모든 것을 지닌 것보다 행복하고
행복은 언제나
우리가 가장 두려워하는 곳에 있나니

차마 이 빈 손으로
그리운 이여
풀의 꽃으로 태어나
피의 꽃잎으로 잠드는 이여

우리 다시 만날 때까지
그대 잠들지 말아라
아무도 슬프지 않도록

눈길

크리스마스 이브날 밤
그는 체포되었다
별들도 짐승처럼
꽃들도 짐승처럼 생각되던 밤이었다
나는 뜬눈으로 밤을 새우고
내 가슴에 흐르는 물과 피를 생각하면서
눈길을 걸었다
껌 파는 할머니 한 분이
육교 아래로 길을 건너다 눈발에 쓰러지고
나는 컵라면을 사먹고
눈을 맞으며 담배를 피웠다
왜 흐린 불빛 아래
내린 눈들은 서서히 죽어가는지
왜 인간에게도 물결이 있는지
왜 오늘의 괴로움은 부끄러움인지
차가운 눈발이
내 야윈 등을 자꾸 밀었다

겨울 강에서

흔들리지 않는 갈대가 되리
겨울 강 강언덕에 눈보라 몰아쳐도
눈보라에 으스스 내 몸이 쓰러져도
흔들리지 않는 갈대가 되리
새들은 날아가 돌아오지 않고
강물은 흘러가 흐느끼지 않아도
끝끝내 흔들리지 않는 갈대가 되어
쓰러지면 일어서는 갈대가 되어
청산이 소리치면 소리쳐 울리

【8인의 추천 우수작】

김용택
그리운 꽃편지 외

1948년 전북 임실 출생
순창 농림고 졸업
1982년 창작과비평사의 《21인 신작시집》으로 데뷔
제6회 김수영문학상 수상
시집 《섬진강》 《맑은 날》 등

그리운 꽃편지

꽃이 핍니다
꽃이 피면 기쁩니다
꽃이 집니다
꽃이 지면 슬픕니다
꽃이 피면
당신이 금방 올 것 같고
꽃이 지면
당신이 영영 오지 않을 것 같습니다
내 마음이 이렇게
꽃 피고 지는 그 사이에
당신의 여러 모습이 있기 때문입니다
꽃 피었다 지는
그대와 나의 이 멀고 먼 거리
꽃잎이 날리어
이 편지 위에 떨어집니다

그리운 꽃편지 · 3

 바람 부는 날은 저물어 강변에 갔습니다. 바람 없는 날도 저물어 강변에 갔습니다. 바람 부는 날은 풀잎처럼 길게 쓰러져 북쪽으로 전부 울고, 바람 없는 날은 풀잎처럼 길게 서서 북쪽으로 전부 울었습니다.

 그동안 우리들 사이에 강물은 얼마나 흘러가고 꽃잎은 얼마나 졌는지요.

 오늘은 강에 가지 않고 마루에 서서 코피처럼 떨어진 붉은 꽃잎을 실어가는 강물을 보며 그대 있는 북쪽으로 전부 웁니다.

 전부 웁니다.

밥과 법

저기 저 남산
꽃산에 가는 길
태환이 형 만났네
노루 잡아 쌀 사려다 들켜
산노루랑 함께
캄캄한 밤에 끌려 가더니
쌀은커녕 쪽박까지 깨뜨리고.
찬바람 냉랭하게 부는
법원에서 오는 길
꽃샘바람 불어 들길은 썰렁한데
조합돈 이십만 원 빚 내어 벌금 물고
과자 백 원어치 사들고
전주에서 온다네

머슴살이 석삼 년
미친지랄 석삼 년
이 짓 저 짓 다 하고 돌아와
가는 귀 먹은 형수 얻어
시꺼먼 집에 아들만 둘
술만 먹으면 똥배짱이 도져

살림살이 쌔려부수며
큰소리 탕탕 치지만
쌀독에 쌀 떨어져
김치 독에 김치 떨어져
담배꽁초 다 떨어져
캄캄하게 찬바람이네

저기 저 남산
꽃산 찾아가는 길
마흔한 살보다 더 늙은 농사꾼
태환이 형 만났네
노루 잡아 밥 사려다
밥은커녕 경비까지 이십 몇만 원
올 농사 농비까지 절단났다며
아직도 겁 풀리지 않은 얼굴로
어색하게 허허 웃으며
저기 저 남산 바라보며 웃는
바보 같은 우리 형
동구에 들어서니
세 살배기 둘째놈 동네 길 달려오며

아부지 아부지 우리 아부지
노루처럼 뛰며 눈물겹게 달려오네

노루 뛰어놀던
저기 저 남산 꽃산에 가는 길
태환이 형 노루는 어디 갔나
태환이 형이 뺏긴 노루는 어디 갔나
쥐뿔도 나올 것 없는데
팔십만 원 빚진
우리 형 태환이 형 만나서
저 남산 꽃산에
실정법 어기며
자연법 찾아
밥 찾아 가네

태환이 형 빚산 타고 가다

태환이 형
빚으로 소 사서 밑지고 파니 빚이요
빚으로 돼지 사서 빚지고 파니 또 빚이라
빚 내서 빚 갚고
빚으로 농사 지어서 또 빚지고 또 빚이니 또 빚이요 또
빚이라
빚 위에 빚 지고
빚 위에 빚 얹으니 또 빚이라
빚 위에 빚이어서
빚 천지, 빚이 산처럼 높아지니
화이고매, 저 빚산 좀 봐라.

빚으로 담배 피고
빚으로 술 사 먹고
빚으로 잠자고
빚으로 걷고 빚으로 쉬고
빚으로 아프고 빚으로 낳고
빚으로 텔레비전 사서 빚으로 보고
빚으로 일해서
빚으로 숨 들여 마시고

빚으로 숨 내어 쉬고
빚으로 결혼해서 빚으로 아들 나서
빚으로 키우고
아아, 빚으로 빚 지니 빚이 빚이어서
걸음걸음 듣고 보고 말하는 것까지
다 빚이니
아아, 이 세상 빚 천지라
눈 뜨나마나
밥 먹으나마나
똥 싸나마나
농사 지나마나
소 키우나마나
왼 세상이 다 빚으로 보이더라
에라 작것, 이럴 바엔 내 빚산에 오르리라
작심하고,
  어느 화창한 봄날, 우리 형 태환이 형 빚으로 몽땅 술을
마시고는, 한다는 소리가 사람이 제 아니 오르고 빚산만
높다 하더니,
  저기 저 남산만 한 빚산에 턱 허니 앉아 빚이여, 빛나거
라 하더라

좋구나 좋아 아따따따 좋아 네미럴 것, 이 문딩이 콧구멍에서 마늘씨를 빼 먹고 벼룩의 간을 내 먹을 놈들과, 육두문자로 산을 찌렁찌렁 울리고는
　까불지들 말라 까불지들 말어
　이 빚이 다 내 빚이요 내 빚이니
　이 땅이 다 내 땅이고
　이 빚이 다 내 돈이다아……
　보아라 보아라 보고 또 보아라
　일은 쎄빠지게 혀도
　나는 빚더미 위에 올라 앉았으니
　빚이 내 것이요 내 것이라
　나라가 다 내 살이요
　나라가 다 내 피요
　나라가 다 내 뼈이니
　이 나라는 내가 쥔이다
　빚밥 먹고 빚똥 싸서
　빚을 타고 빚똥 위에 앉았으니
　똥이 곧 밥이라
　이 아니 좋으냐
　가자가자가자가자 빚산 타고 가자

저기 저 남산 꽃산에 가자
태환이 형 우리 형 빚산 타고 꽃산에 가더라.

그리운 꽃편지 · 4

봄이 왔습니다
찬바람이 몇 번 지나갔습니다
찬바람이 지날 때마다
겁먹은 풀들은
천지사방으로 몸을 흔들며
바람 속에 숨막혀 꽃잎을 떨구며
핏줄이 터지게 흔들리다가
바람이 지나간 후에
납작하게 누워
붉디붉은 하늘로
붉은 숨을 뿌리며 울었었습니다
목이 터지게 울었습니다

여름이 왔습니다
큰물이 몇 번 지나갔습니다
큰붉덩물이 지나갈 때마다
풀들은 흙탕물 속에서
뿌리와 꽃잎을 뜯기며
숨막혀 흔들리다가
물이 지나간 후에

납작하게 엎드려
풀들은 붉은 흙을 피처럼 토하며 울었습니다
목이 찢어져라 울었습니다

가을이 왔습니다
큰물은 남쪽으로 흘렀고
큰바람은 북쪽으로 불었으므로
풀들은 일어나
꽃을 또 피웠습니다
아이들이 꽃잎을 따다가
가을 바람에 날리어
강물에 실어 보냈습니다
꽃잎들은 떠나가며 울었습니다
물보다 깊이깊이 울었습니다

겨울이 오고
꽃이 없는 풀들은
자기보다 더 길고 더 멀리
북쪽으로 머리를 두고 쓰러졌습니다
그 위에 하얀 눈이 내려

이 세상을 다 덮었습니다
그 흰 눈 위에
피 묻은 발자국들이 산등이마다
수없이 숨었습니다
봄이 오면 살아날
진달래, 진달래꽃입니다.

눈 내리는 모악
—학기에게

하루 내내 눈이 내린다
너는 지금 허술한 바지 주머니에
두 손을 찌르고 서서
아파트 창문 멀리 모악에
반짝이며 내리는 눈을 보고 있느냐
나도 지금 그렇게 서서
아기를 업고
산과 산 사이를 지나 가만가만
강물에 사라지는 눈을 보고 있다
너와 나 사이
산과 산 사이에 눈이
저렇게 가만가만 내리듯이
이 세상 모든 사이사이 빈 사이엔
눈이 내린다

언젠가 너그 집에 갔더니
너는 없고
니가 파다 만 목판화의 모악
그 어둡고 침침한 골짜기에
하얀 눈만

지독히 내리더라
야, 너 지금 집에 없지?

어깨에 쌓인 눈을 털며
너는 지금 어느 처마 밑에서
모악에 내리는 눈발을 보다가
거리의 사람들 머리와 어깨에 내리는
눈을 보다가 쓰다 만 몇 편의 슬픈 시를
호주머니 속에서 만지작만지작
다 찢어버리고
네 발앞에 몰려와 내리는 눈송이를 보며
너는 또 어디로 갈래

동학년에 동군들은
피 묻은 발로
눈밭에 짚신을 거꾸로 신고
저 모악을 넘었다지
그들은 지금 눈 내리는
김제 벌판 어느 야산에 갇혔을까
아니면 눈 내려 쌓이는 모악에 눈사람이 되었을까

그 넓디나 넓은 벌판의 시작과 끝의
저 빛나는 머리와 어깨의 모악

틀림없이 너는 니 방에 없고
니가 파다 만 목판의 모악에
지금 눈이 내린다
니 마음과 내 마음 사이에
눈이 하얗게 내려 쌓인다
이 세상 많은 사람들도 지금
눈 내리는 조국 산천을 보며
오만 가지 생각을 할 거야
아, 모두 그리운 사람들,
모악에 눈이 내린다

눈 내리는 조국
—학기 양숙 결혼 축시

조국으로 가는 길
저 화사한 봄길에서 만나
너희들은 오느냐
오느냐 나란히 오는
너희들 등 뒤 뒷산에
소쩍새 울어 진달래 피어 타던
저 모악을 넘어 오느냐

오느냐
너희들이 해 뜬
저 변산 바닷가에서
하루 해가
이 세상을 다 비추고 질 때까지
나란히 서서
지는 해와 함께
이 세상을 다 슬퍼하다가
너희들은 오느냐
나란히 땀 밴 손 잡고 오는
너희들 뒤로
가만가만 서해 바다가 따라오며 철썩이고

너희들이 떼는 발걸음을 적신다
불붙은 노을은 떠서
저 김제만경 하늘 가득 따라오며 운다
너희 둘은 그런 하늘을 이고
모악을 넘어
오는 눈처럼 하얀 새 사람이 되어 오느냐 이제야 오느냐

하루 해를 다 보내며
바라보아도 질리지 않는
학기 너그 집 저 멀리
오를수록 힘차고
내려갈수록 넉넉한 모악 아래
사람들의 마을
관통로나 코아 백화점 앞에
울음처럼 꽃처럼 터지던
저 지난 6月의 거리
사람들이 따뜻함을 모으고 모아
민주주의 민족통일의 새 깃발을 세웠으니
그 조국의 깃발 사이로 오는 눈발처럼

너희 둘 하나가 되어
새 사람으로 오느냐 눈부시게 오느냐
너희가 이 세상에 태어나
따로 따로 살다가
사랑한테로 가서
서로 사랑이 되어
한가지 사랑을 이루었으니
만가지 사랑으로
산맥처럼 뻗치며
너희 둘은
보기 좋은 꽃 같구나 산등성에 꽃이구나
이제 너희가 꽃 핀 데로 가면 꽃이 되고
비 온 데로 가면 비가 되고
눈 온 데로 가면 눈이 되고
가난한데로 가면 가난이 되고
빈 들에 가면 쌀과 보리가 되고
봄산에 가면 꽃과 잎이 되고
사람들의 마을에 가면
좋은 사람이 되어 마을을 기쁘게 하리라
그리하여

우리 함께 나가자
이 세상 우리 몸 바칠
눈내리는 조국이 있으니
조국의 품에 안겨
너희 둘과 함께 우린 얼마나 좋으냐 행복하냐
이제
늘 마음을 가난하게 닦고
가난한 마음으로 세상을 보라
너희 둘 앞 뒤 모악을 보라
그러면 이 세상은 따뜻하리라

너희 집 저기 저 모악에 새로 눈이 내린다
눈 내리는 조국
아들 딸 쑥쑥 잘 낳고
누가 보기에도 좋게 잘 살아라
처음 만나 반짝 깨지던
그 눈부신 사랑으로.

김형영

통회시편 · 6 외

1945년 전북 부안 출생

서라벌예술대학 문예창작과 졸업

1966년 《문학춘추》를 통해 데뷔

현대문학상 수상

시집 《침묵의 무늬》《모기들은 혼자서도 소리를 친다》《다른 하늘이 열릴 때》 등

통회시편 · 6

뱀보다 더 아름답게 우는 것은 없다.
뱀은 하늘을 원망하지 않고
사람을 원망하지 않고, 다만
스스로를 동여매며 운다.

땅 밑으로 밑으로 달아나며
내 탓이라고 가슴을 치며 통곡할
거룩한 손도 없이
꿇어야 할 무릎도 없이
뱀은 스스로를 동여매며 온몸으로 운다.

뱀은 나의 오랜 친구로서
친구인 나는 뱀에게 말했다.
가거라, 울부짖음아
죄 지은 내 심장의 고동과도 같고
습관처럼 가슴을 치는
내 더러운 손과 같은 울부짖음아
가거라, 사람들이 모여
너를 죽이려고 막대기를 들기 전에,

오, 뱀이여
너는 죄를 지어 아름답구나.

고백

내 사랑
내 주이신 당신,
내 안에 오심이 두렵사오나
이미 와 계시니
어이하리오.

당신 품이
곧 하늘이기에
내 감히 안길 수 없사오나
품어안으시니
어이하리오.

밥

예수는 스스로를 밥이라고 했다.
우리 앞에 상을 차려놓고
어서 먹으라고
먹고 힘을 내라고
스스로 밥이 된 예수.

예수는 스스로를 술이라고 했다.
우리 앞에 잔을 채우면서
어서 마시라고
마시고 맘껏 취해보자고
스스로 술이 된 예수.

그는 무엇이 되어도 좋았다.
그는 우리들을 사랑했으므로
그는 우리들의 것이었으므로
우리도 그렇게 하라고
무덤까지 비워버린 예수.

그런데 우리는 지금 그의 곁을 떠나고 있다.
밥이 되기 싫다고

그건 바보 멍텅구리 짓이라고
그렇게 살 수 없다고
먹고 마시고 죽어가고 있다.

구세주

예수는 죽었다가 사흘만에 다시 살아나서
귀신같이 사람들을 깜짝깜짝 놀라게 하다가
어느 날, 어느 정한 날에 갑자기
아무도 몰래 어디로 어디로 사라졌는데

어떤 사람은 구름 뚫고 하늘로 올라갔다 하고
어떤 사람은 우리들 각자의 마음 속으로 사라졌다 하고
어떤 사람은 혹시나 하고 두리번두리번
그분을 찾아 헤매며 살아가는데

하늘에도 땅에도 그분은 안 보이고
낮에도 밤에도 그분은 안 보이고
교회에도 의사당에도 그분은 안 보이고
집에도 학교에도 그분은 안 보이는데

공사판 쓰레기통 굴다리 사창가
감금되고 쫓겨나고 갈 곳 없는 손발과 함께
그분은 아직도 떠나지 못하고
병이 들어 콜록거리며 죽어가고 있다.

우리가 보는 앞에서 죽어가고 있다.

눈물 한 방울

오늘 이 세상 떠난다 생각하니
뵈는 것 다 아름답구나.

미운 사람 어디 있었던가
더러운 것 어디 있었던가
한 무더기 똥조차 아름답구나.

떠나는 나와 보내는 너,
눈을 감으며 흘리는
눈물 한 방울.

나이 마흔이 넘어서도

나이 마흔이 넘어서도
마음 못 비우고
만사에 기웃거리는,
너나 나나
어리석기는
가리옷 사람 유다와 다를 것이 없으나
용케도 예수 없는 시대에 나서
천벌은 면하고 살아가는구나.
사탄은 면하고 살아가는구나.

좀더 가까이

가까이
가까이
좀더 가까이

눈 가까이
입 가까이
그대가 보이지 않게
그대가 생각나지 않게
가까이
가까이
삶이 보이지 않게
죽음도 보이지 않게

좀더 가까이

신달자

길 외

1943년 경남 거창 출생

숙명여대 대학원 국문과 졸업

1970년 《현대문학》으로 데뷔

시집으로 《봉헌문자》 《겨울축제》 《고향의 물》 《아가(雅歌) I · II》 등

길

물 위를 걷는 사나이가 있었다

모든 소유를 거부하고
대신 죽기 위한
목숨 하나 가진 자는
가벼운가봐
물위에 뜨는 꽃잎처럼
가지 위에 앉는 새처럼

그의 손이
늘 비어 있음을
늦게야 알았다
보이는 것은
십자가와 가시면류관과
피묻은 옷자락

무덤을 넘어
날아 오르는 것은
보이지 않았다
사랑은 짐이 아니므로

가볍게 날아 올랐다

철근으로 추켜세운
당당한 육교 위에
불안하게 흔들리며
바라보는
무한창공의 비어있음
그것이 길인 것을
늦게야 알았다

가벼워지는 자가
오르는 길.

겨울 종소리

홀로 자정(子正)을 넘으며
별을 바라보면
가슴 속에서 들리는
차가운 겨울 종소리

어디를 찔러도
쏟아지는 붉은 피
내 몸 가득 흐르고 있음에도

붉어도 그것은 불이 아닌지
흘러도 그것은 힘이 아닌지

빙판 하나 꽝꽝
얼어 붙어서
별빛 내려 부딪치니
그 울림 아프다

멀리서 날아온
예리한 돌 하나
영혼의 중심을
명중(命中)시킨다.

새

I

새가 난다.
허공에 발을 내리고
속잎 같은 날개로
바람을 가르며
세상의 중심을 가르며

새가 난다
그가 어디로 가는지
아무도 모른다

깨끗한 뒷모습
순결한 사후의 소식이
저 허공에 빛으로
내리고 있다.

II

좀더 가벼워져야지.

줄이고
비우고
잊고
거머쥔 속기(俗氣)를
육탈(肉脫)하듯 벗어야지

겨울 아카샤 가지 위
둥지하나 틀어
숨이 들려면

아 그렇게 될려면.

온라인

예쁜 구름한장 말아
일(一)의 숫자로

노을 한필 걷우어
백(白)의 숫자로

청솔의 푸르름은
천(千)의 숫자로

학의 날개짓은
만(萬)의 숫자로

전국 어디서나
그대에게 보낸다

우리들의 비밀회로
구좌번호에
오늘해를 못넘기는
달아오른 마음을
억(億)의 숫자에도 놓을 수 없이

조(兆)로도 계산 못할
높은 그리움
별빛 쏟아지는
능라도 끝에 서서
지구끝까지 보내고 싶어
몇천 번 뛸듯이
발돋움을 한다

이밤 안으로
그대 가슴에

금지구역

십계명의 금지구역에
오늘도
내 옷자락이 보인다

어제는
수건을 쓰고
숨어 들더니

오늘은
단정히 머리빗고
웃으며 서 있구나

목숨 얹은
내 언약은
철새처럼 기척없이
사라지고

금지구역엔
사철
내 발자국만

어지럽게
무늬져 있구나.

겨울 노래

하늘은 얼지 않는다

언 땅 위에
발을 내리고 우러르면
혹한의 깊은 겨울에도
푸르게 흐르는 하늘

희망은 얼지 않는다

범속한 연민과 갈등 안에
기온(氣溫)은
급강하(急降下)로
목을 조르지만

슬프고 목젖이 터져라
얼싸안듯 열창으로 노래하면
더운 열기(熱氣) 안에
힘차게 새떼 날아 오르니

자유는 얼지 않는다.

겨울 기(旗)

가랑잎처럼 떨어져
뒹굴지는 않는다만
무진적막

노인정(老人亭) 입구(入口)에 걸린
때묻은 기(旗)는
검버짐처럼
저승의 싸인으로 보인다

오래전부터
떠날 줄 모르는 것은
저 아득한 기(旗) 하나

아직도 홀로 매달려 있음이 아니라
같이 서 있고 싶어서
아무도 마주하지 않는
허공에 빈손을 내어 젓는 손

삭정이처럼 파르르 떨고 있다.

이성복

운명 외

1952년 경북 상주 출생
서울대 및 동대학원 불문과 졸업
1977년 《문학과 지성》을 통해 데뷔
제2회 김수영문학상 수상
시집 《뒹구는 돌은 언제 잠깨는가》 《남해금산》 등

운명

운명이여!

그대가 있기에 나는 갑니다
나의 주위에 얼음판 위로
미끄러지는 사내 여럿 있습니다

운명이여!

까닭없이 허공에 펴 든 손
아직 꽃나무들은 얼음 속에 잠겨 있고
먹을 것을 찾아 새들은 눈 덮인 벌판으로 몰려갑니다

운명이여!

이마를 숙이고
다가오는 그대 그림자를 봅니다
먼 추억처럼 그대 그림자 떠나가기를 기다립니다

운명이여! 운명이여!

저문 골짝에서 저문 골짝으로

저문 골짝에서 저문 골짝으로
늙은 해는 몸을 옮긴다

그대 발뿌리에 무릎 꿇고 매어 달리노니
공중에 흩어진 연인들의 운명을 보시라

그대 무릎 부여잡고 오래 어쩔 줄 모르노니
공중에서 헤매는 연인들의 운명을 생각하시라

저문 골짝에서 저문 골짝으로
늙은 해는 무겁게 몸을 옮긴다

그곳에 다들 잘 있느냐고

그곳에 다들 잘 있느냐고 당신은 물었지요
어쩔 수 없이 다들 잘 있다고 나는 대답했지요
전설 속에서처럼 꽃이 피고 바람 불고
십리 안팎에서 바다는 늘 투정을 하고
우리는 오래 떠돌아 다녔지요 우리를 닮은 것들이
싫어서…… 어쩔 수 없이 다시 만나
가까와졌지요 영락없이 우리에게 버려진 것들은
우리가 몹시 허할 때 찾아와 몸을 풀었지요
그곳에 다들 잘 있느냐고 당신은 물었지요
염려 마세요 어쩔 수 없이 모두 잘 있답니다

사막

　세상은 온통 내가 모르는 것으로 가득찼습니다. 나는 자꾸 슬퍼졌습니다 당신은 내 잘못만은 아니라고 하지만 내가 아니면 어찌 세상이 슬퍼졌겠습니까

　큰길로 나아가 소리 높여 통곡하는 사람을 보았습니다 그의 어깨가 털뽑힌 새처럼 파닥거렸습니다 그는 나를 보고 아들아, 사막으로 가자…… 라고 말했습니다.

　나는 막 달았습니다 달아날수록 사막은 가까웠습니다 다가갈수록 사막은 당신을 닮아갔습니다 당신이 아니라면 어찌 내가 사막을 보았겠습니까

이별

당신이 슬퍼하시기에 이별인 줄 알았습니다 그렇지 않았
던들 새가 울고 꽃이 피었겠습니까

당신의 슬픔은 이별의 거울입니다 내가 당신을 들여다보
면 당신은 나를 들여다봅니다 내가 당신인지 당신이 나인
지 알지 못하겠습니다

이별의 거울 속에 우리는 서로를 바꾸었습니다 당신이
나를 떠나면 떠나는 것은 당신이 아니라 나입니다 그리고
내게는 당신이 남습니다

당신이 슬퍼하시기에 이별인 줄 알았습니다 그렇지 않았
던들 우리가 하나 되었겠습니까

어두워질 때까지

1

당신이 날 사랑해주시니 마냥 기쁘기만 했습니다 언제 내가 이런 사랑을 받으리라 생각이나 했겠습니까 밥도 안 먹고 잠도 안 자고 당신 일만 생각했습니다

노을빛에 타오르는 나무처럼 그렇게 있었습니다 해가 져 도 나의 사랑은 저물지 않고 나로 하여 언덕은 불 붙었습 니다 바람에 불리는 풀잎 하나도 괴로움이었습니다

나의 괴로움을 밟고 오소서, 밤이 오면 내 사랑은 한갓 잠자는 나무에 지나지 않습니다

2

잠든 잎새들을 가만히 흔들어 봅니다 처음 당신이 나의 마음을 흔들었던 날처럼

깨어난 잎새들은 잠들고 싶어합니다 나도 잎새들을 따라 잠들고 싶습니다

잎새들의 잠 속에서 지친 당신의 날개를 가려주고 싶습 니다

그러다가 눈을 뜨면 깃을 치며 날아가는 당신의 모습이
보이겠지요
　처음 당신이 나의 마음을 흔들었던 날처럼 잎새들은 몹
시 떨리겠지요

여름의 끝

　그 여름 나무 백일홍은 무사하였습니다
　한 차례 폭풍에도, 그 다음 폭풍에도 쓰러지지 않아 쏟
아지는 우박처럼 붉은 꽃들을 매달았습니다

　그 여름 나는 폭풍의 한가운데 있었습니다
　그 여름 나의 절망은 작란(作亂)처럼 붉은 꽃들을 매달
았지만
　한 차례 폭풍에도, 그 다음 폭풍에도 쓰러지지 않았습니다

　넘어지면 매달리고
　타올라 불을 뿜는 나무 백일홍 억센 꽃들이
　두어 평 좁은 마당을 피로 덮을 때,
　작란(作亂)처럼 나의 절망은 끝났습니다

이시영

노래 외

1949년 전남 구례 출생

고려대 대학원 국문학과 수학

1969년 《중앙일보》신춘문예 시조 당선, 《월간문학》 신인상 당선, 데뷔

시집 《만월》 《바람 속으로》 《길은 멀다 친구여》 등

노래

사랑한다는 사랑한다는 그 말 한 마디 전해드리기 위해
이 강에 섰건만
바람 이리 불고 강물 저리 붉어
못 건너가겠네 못 가겠네

잊어버리라 잊어버리라던 그 말 한 마디 돌려드리기 위해
이 산마루에 섰건만
천둥 이리 우짖고 비바람 속 낭 저리 깊어
못 다가가겠네 못 가겠네

낭이라면 아득한 낭에 핀 한떨기 꽃처럼,
강이라면 숨막히는 바위 속, 거센 물살을 거슬러 오르는
은빛 찰나의 물고기처럼

잎새를 위하여

나는 사랑을 가졌어라 잎새여
네 작은 것이 바람에 온밤을 나부끼며
하나의 거센 영혼을 허공에 재우듯이
나는 내 온몸을 대지 위에 떨며
하나의 여린 사랑을 가졌어라
바람 찬 새벽이여, 핏빛 이슬 끝 새 풀잎이여

가시

가을이다
가을 같은 밤의 시간이다
이런 밤에 내 영혼에 깊이 박힌 가시는 아프다
뇌수에서 뇌수로
푸른 곳에서 더 푸른 곳으로
어두운 시간에서 점점 더 밝아오는 시간으로
움직이는 내 영혼의 가시는 아프다

입춘(立春) 무렵

　창밖에　충남숯불갈비전문점과　돼지갈비갈매기원조용강
갈비점이 나란히 붙어 있다
　눈이 흐벅지게 내려 처마의 간판은 물론 두 집의 출입구
쪽을 모두 지워 버린다
　입춘 술들이 거나했는지 한 떼의 갈매기집 술꾼들이 밖
의 화장실을 다녀오다
　경계가 흐려진 충남집 문을 드르륵 열고 들어가 나올 줄
을 모른다
　안에서 숯불이 발갛게 익고 있다

　곧 봄이 오려나보다

솔개

탁 트인 청명 하늘에 열린 점(點) 하나
저 푸름의 어느 물길 속에서 솟구쳐 올라왔나
고요 광막 속을 저 혼자 소용돌이치며
푸름의 거센 물산 위에 핏빛 점 하나 찍고 사라져가는
매서운 새 한 마리

새

   아침 산길의 눈밭 위에는 머리가 상한 참새 두 마리가
서로의 날갯죽지에 핏빛 새근대는 부리를 묻은 채 잠들어
있었습니다

   이 도시에 새들의 영혼까지도 앗아가버리는
무서운 계엄군이 진입하던 날

거울 앞에서

어둠 속의 불안한 눈동자,
못자국처럼 숭숭 뚫린 성긴 턱수염 자국,
밤새워 먼길을 달려온 이슬 맺힌 눈썹은 거기 있어라

임영조

성냥외

1943 충남 보령 출생
서라벌예술대학 문예창작과 졸업
1970년 《월간문학》 신인상 당선
1971년 《중앙일보》 신춘문예 당선, 데뷔
시집 《바람이 남긴 은어》 《그림자를 지우며》 등

성냥

아무도 모른다
그들이 출옥하면 또
무슨 일을 저지를지
도무지 알 수 없는 존재다

오랜 연금으로
흰 뼈만 앙상한 체구에
표정까지 굳어버린 돌대가리들
언제나 남의 손끝에 잡혀
머리부터 돌진하는 하수인(下手人)이다.

어둠 속에 갇히면
누구나 오히려 대범해지듯
저마다 뜨거운 적의(敵意)를 품고 있어
언제든 부딪치면 당장
분신(焚身)을 각오한 요시찰 인물들

(주목받고 싶은 자(者)의
가장 절실한 믿음은
최후의 만용일까?

의외의 죽음일까?)

그들은 지금 숨을 죽인 채
어두운 관(棺) 속에 누워 있지만
한순간 화려하게 데뷔할
절호의 찬스를 노리고 있다
빛부신 출세(出世)를 꿈꾸고 있다.

춘란(春蘭)

지난 겨울 내내
아무런 소식조차 없다가
홀연히 내 앞에 나타난 여자(女子)
너무 희어 눈시린 화관(花冠)을 쓰고
꿈인 듯 우아하게 다가와
다소곳이 꽃술을 여는 여자(女子)
이를 어쩌면 좋아?
청향(淸香) 진한 살냄새에 취해서
사랑한다는 말도 못하고
바보같이 코부터 갖다대자
꺾인 난잎이
내 목에 칼을 댄다
그래도 좋다!
시방 나는 혼신을 다해
뜨거운 죄라도 짓고 싶어
너 같은 여자(女子)라면 기꺼이.

팽이

최후에는
누구나 쓰러진다
그래도 나는 다시 일어나
뿌리를 박고 싶어 몸부림친다

나를 계속 쳐다오
갈수록 세상은 요철(凹凸)이 심해
이 한 몸 기댈 곳 없어
매맞고 어질어질 취해서 돈다

매에는 장사(壯士) 없고
술에도 장사(壯士) 없는 천하에
맞으면 맞을수록
중심(中心)을 잡기 위해 오기로 선다

부디 건드리지 말아다오
나는 지금 온몸을 풀어
꽁꽁 언 빙판도 녹이고 싶어
그 뜨거운 절정(絶頂)을 즐기고 싶어
정신없이 돌아가는 변태성욕자(變態性慾者)

좀더 세게 쳐다오
이승에서 나와 통할 언어는
따끔한 채찍뿐

아픔이 뼛속까지 사무쳐
그만 혼절할 때까지
내 이름을 꼿꼿이 세우고 싶다
필생의 마지막 춤을 추듯
가장 민감한 근(根) 하나로 버티며.

조롱(鳥籠)을 보며

내가 집권한 조롱 속에는
한 쌍의 십자매가
오늘도 평안을 누리고 있다

작고 아늑한 둥지를 드나들며
알을 품고 새끼를 친다
내가 베푼 은총을 쪼아먹고
목마르면 물 마시고
사랑을 구가하는 태평성대(太平聖代)

푸른 하늘 마음대로 숨쉬며
이 땅에 사는 기쁨을 노래하고
온갖 슬픔을 성토해도
함부로 치죄하지 않는 나라
날개가 있어도 날지 못하는
감옥도 더러는 천국이 될까

오늘이 어제처럼 따분한 날은
조롱 속에 오히려 편해
그래서 사람들은 저마다

조롱하듯 던져주는 모이를 찾아
스스로 그 속에 갇혀 사는 것일까

참 딱하다는 생각이 들어
조롱 속을 다시 엿보자
깜짝 놀란 십자매가
내 얼굴을 마주 보며
쯧쯧쯧 쯧쯧쯧
자꾸만 혀를 차고 있었다.

안전선 밖에 서서

티켓 한 장 사들고
지하(地下)로 간다
저승의 계단을 내려가듯
지하로 가면, 잠시후
개선하듯 어둠을 뚫고
설레이는 약속처럼 열차는 온다
벌건 대낮에도 두 눈에 불을 켠 채
좌회전 우회전도 모르고
고지식하게 앞만 보고 달리는 버릇
표정은 너무 굳고 무뚝뚝해서
매력없고 힘만 센 독선주의자
(원, 저렇게 융통성이 없어서야)
―승객 여러분께선
안전선 밖으로 물러서 주십시오
글쎄, 이 땅의 어디가
안전한 곳인지 잘 모르지만
나는 계속 안전하였다
4·19때도 5·16때도
70년대도 80년대도
아무튼 나는 안전하였다

순수냐?
참여냐?
양극이 불꽃튀며 상충할 때도
나는 그냥 한 그루 나무로 서서
지구가 도는 것을 보았다
이젠 방향이 분명해진
노란 티켓 한 장 사들고
하행선 열차를 기다리는 사십대
이 다음 나 죽을 때도
안전선 밖으로 물러서라고
밀쳐내며 말릴 사람 없을까?

넥타이

이른 아침 거울을 보며
스스로 목에 맨 올가미가
온종일 나를 끌고 다닌다

사무실로 거리로
찻집으로 술집으로
또 무슨 식장(式場)으로 끌고 다닌다
서투른 근엄을 위장해 주고
더러는 나를 비굴하게 만들고
갖가지 자유를 결박하는 끈

도대체 누굴까?
이 견고한 줄로
내 목을 거뜬히 옭아 쥔 자(者)는……

답답해라,
어머니의 탯줄을 끊고
세상에 나온 이후
나는 아무런 줄도 잡지 못하고
불안한 도시 안개 속을 헤맨다

제발 정신 좀 차려야지
하루에도 몇 번씩 다짐하면서 구겨진
넥타이를 고쳐매지만
나는 다시 고분고분 길들여진다
미지의 시간 밖으로
바쁘게 끌려가는 서러운 노예처럼

녹차(綠茶)를 끓이며

삼복 염천 열탕에
비쩍 마른 지체들이
훌렁 벗고 들어앉아 속끓이더니
마침내 스멀스멀 온몸을 푼다

바로 이땔까 싶게
정(淨)한 마음 기울여
녹차를 따르면 금새
청화잔에 두둥실 만월이 뜬다

먼 산이 우러나듯
비릿한 웃음이 고여
잔 가득 달무리가 번진다

사랑하는 사람아,
이런 날은 부디
가슴 속 빗장을 풀고 오라
그늘을 지우듯 루우즈도 지우고
뜨겁고 진한 그리움이 아니면
목마른 눈빛 하나로 오라

최두석

동두천 민들레외

1955년 전남 담양 출생
서울대 대학원 국문학과 졸업
1980년 월간 《심상》으로 데뷔
시집 《대꽃》《임진강》 등

동두천 민들레

어디에 발 뻗고 누우랴. 칼잠 자는 사람들 불편한 잠자리 탓하는 소리 들리는 듯한 동두천 남산모루 공동묘지. 첩첩한 무덤 틈새 비집고 어설프게 자리잡은 작은 무덤, 무덤 위에 피어 있는 민들레 한 송이

민들레야, 동두천 민들레야, 너에게서 키 작은 양공주의 굴욕과 자존심을 느끼는 것은 다만 신경과민일 뿐이라고 말해다오. 박토에 뿌리내려 밟혀도 짓밟혀도 다시 돋는 끈질긴 생명이라고 계속 우기다가 살랑대는 봄바람에 보란 듯이 꽃씨를 날려보내렴

그렇지만 양키의 어지러운 군화발이 반도에서 사라지는 날, 우리가 우리의 살림을 주장하는 그날이 오면 너는 그냥 전설로 남아다오. 이 땅에 태어나 막다른 길로 쫓기고 몰리다가 자살한 양공주, 그녀의 이름이 민들레였다고 속삭이며 담뿍 이슬을 머금고 피어나렴.

달팽이

　임진강물이 역류해 들어오는 문산천, 초병의 총구가 무심히 햇빛에 빛나는 유월 어느날, 기슭에 수양버들 한 그루, 그 아래 화강암 돌비 하나. 너무 한적해서 간혹 물거품을 터뜨리는 냇물 속에 조용히 감겨 있던 달팽이 무리, 그 달팽이 무리가 뻘흙 위로 상륙한다. 굼실굼실 기슭의 수양버들 밑둥으로 기어오른다. 제각기 등에 집을 진 채 동둑으로 뻗은 밋밋한 가지를 타고 달팽이의 느릿한 행렬이 이어진다. 마침내 가지 끝에서 온몸을 집 속에 감추고 굴러 떨어진다. 한 마리 두 마리 세 마리 달팽이는 계속 눈을 감고 귀를 막고 코를 쥐고 떨어진다. 버들가지 속잎이 파르르 파르르 떨리는 그 아래 풀밭에 떨어진 놈은 다시 깨져 죽는다. 달팽이의 시신이 널어 말려지는 돌비, 돌비에는 핏빛 글씨로 「간첩사살기념비」라 씌어 있다. 그때 초병이 걸어와 돌비 앞에서 거수경례를 붙이고 그의 군화 밑에는 굼실거리던 달팽이 몇 마리 깔려 있다.

전태일

달 없는 어둠 속을 검게 숨죽여 흐르는 강물, 별들은 모두 선잠을 깬 듯 깜박거린다. 한사코 그늘에서 그늘로만 옮겨디디며 살아온 자의 생애가 오늘밤 급한 여울을 이루며 흘러내린다. 천 갈래 만 갈래 찢어지는 물살이 한줄기 도도한 강물로 흐른다. 문득 물결을 타고 어룽더룽 두꺼비 한 마리 헤엄쳐 오른다. 무겁게 알 밴 몸이 물살을 따라 흐르다가 다시 자맥질하며 거슬러 오른다. 마침내 기슭으로 기어올라 엉거주춤 뒷발에 한껏 힘을 주고 두리번거린다. 가슴을 벌럭이며 결연히, 어찌할 수 없는 천적 독사를 찾아나선다. 그리하여 드디어 온몸으로 잡아먹힌다. …… 이제 며칠 후면 독사의 뱃가죽을 뚫고 수백 마리 새끼 두꺼비가 기어나오리라. 독사의 살을 먹으며 굼실굼실 자라리라.

첩산

민통선 지나
연천군 왕징면 동중리
예전에 집터였던 밭에는
배추 몇 포기 얼어죽어 있고
당신은 마침내 귀향하셨군요

피난길 떠나던 날
후퇴하며 들이닥친 미제 트럭
등뒤에서 불타던 집이며 깨진 장독
뒤쫓듯이 들리던 포성
이제 꿈속에서도 지우고

새댁시절 아지랑이 너머로 보았을
앞산 진달래 꽃잎 떨구는데
동전 몇 닢 손에 쥐고
쌀 한 줌 입에 물고
이제 칠성판에 누웠군요

아내의 어진 어머니여
어미보다 정든 손주들의 할메여

부르튼 맨손 시장바닥 타향살이에
무슨 이념이 있었겠어요
다만 삶의 넝쿨을 붙들고 늘어졌을 뿐

포탄 터진 곳에서도
맨 먼저 뿌리박는 칡넝쿨
당신이 묻힌 자리에서 파낸
팔뚝만한 칡뿌리가
여우비에 젖습니다.

옥수수

옥수수를 심었으면
누런 강냉이가 토실토실
다 영근 다음에 베어야 하리
꼭 미리 베어야만 한다면
늦어도 붉은 꽃술 수염이
바람에 날리기 전이어야 하리
알 품은 까투리는 잡지 않는 게
농삿군의 마음인데
한창 여물어가는 옥수수 밑둥에
낫질을 한 자 누구인가
수확 앞 둔 열흘도 못 기다리게끔
누가 누구의 마음을 그토록
녹슨 쇠붙이로 만들었는가

전주천 고수부지
백여 그루 옥수수가 통통히 알 밴 채
시청 단속반의 손에 일시에 쓰러지던 날
똘똘이 아버지 박대원 씨의 하늘도
노랗게 일시에 무너져
술에 농약을 타먹고 죽었다.

어떤 문상

연탄을 쌓아 모닥불 피우는
시흥 산동네 초상집에서
조상보다는 팥죽에
맘이 간다는 옛말처럼
나는 가지가지 헛생각에 헤매인다

잠자다가 꿈속 일처럼
죽었다는 팔순 할머니의
몽당 지팡이와 흰 고무신
그 곁에 놓인 사자밥과
사자들이 신고 갈 짚신을 보며
지난 여름 그 자리로 넘쳐흘렀던
도도한 흙탕물을 생각한다

노자돈으로 놓아둔 동전을 매만지며
끝발 오르기를 비는 노름패들 곁에서
상주와는 이웃이자 노가다판 동료인
그들의 허기진 술주정을 들으며
불과 오십 보 밖에서 일어났던 아닌 밤중의
산사태와 포클레인 삽날에 찍혀나온

여고생의 사진첩을 생각한다

백목련 곁에서 환히 웃던 그 소녀는
조카를 업은 채 피하려다 쓰러진 모습으로
흙더미 속에 묻혀 있었다

그러니까 그들이 여기에서 산다는 것은
목숨을 거는 일이다
나는 이러한 삶의 논리를
무려 스물세 구의시신 발굴 현장의
구경꾼들 틈에서 확인하였다
간밤에 구사일생 목숨 건진 자들이
자리옷 바람으로 늘어놓는 무용담 속에
삶의 비수가 꽂혀 있었다
몇 년 전 똑같은 사고를 당해봐서 알지만
루핑만 슬쩍 날아간 누구는
장땡을 잡았다는 말이 그것이다

장땡이 무슨 신기루의 이름인지,
보상이나 바라는 마음의 바닥 모를 절망과

절망 곁에 또아리 튼 뱀들이
무수히 혀를 날름거리며
무엇인가 저주하는 환영을
십구공탄 모닥불 구멍 사이로 보는 중에
눈앞으로 검은 관이 옮겨지고
못질하는 소리와
새로이 터지는 곡소리를 듣는다

정말 우는가 보자고 하는
동네 아줌마들의 왁자함 속에
호상이라는 소리를 듣는다
여름의 그 악상을 치른 이들에게
팔순에 앓지도 않고 잠든 이 할머니의 죽음은
누워 절받기 미안해야 할 만큼
분명 호상이다.

항심

너는 희망을 찾으러 갔다
공터 바랭이 풀밭 속
풀벌레 자욱이 울어대는데
가로등불에 긴 그림자 이끌고
골목길 모퉁이를 돌아서 갔다

너를 처음 대하기는
고등학교 국어 교실에서였지만
너를진정 만난 것은
학교를 떠나기 전날 저녁부터다
군대식 교육 반대
강제 자율학습 폐지
유인물 뿌리고
자퇴서를 쓰기 전날
울렁이는 가슴 안고 내게 왔었다

그 후 너는 차라리 학원으로 가고
나도 자의반 타의반 학교를 그만뒀었다.

한동안 뜸하다가 다시 나를 찾았을 때

너는 이미 입시에 뜻이 없었고
페인트공인 부모 생각
계층 상승의 개인적 욕망과
노동판에 온몸 던지는 용기 사이에서
망설이는 너에게
욕망을 무시하지 말r라고 했었다
선택을 위한 시간 여유로라도
일단 대학 진학을 권유했었다

그런데 오늘밤 너는 드디어
일하는 사람들이 희망을 찾아
공단에 취업하게 됐다는 것을 선언하였다
내게 남겨진 것은
너의 옳은 선택을 축복하는 일이었고
우리 함께 김구의 항심(恒心)이라는 말을
마음에 새기며 살자고 제안하였다

그리고 너는 갔다
공터 바랭이 풀밭 속
풀벌레 자욱이 울어대는데

가로등불에 긴 그림자 이끌고
골목길 모퉁이를 돌아서 갔다.

최승호

물소가죽가방 외

1954년 춘천 출생
춘천 교육대학 졸업
1977년 《현대시학》을 통해 데뷔
오늘의 작가상, 김수영문학상 수상
시집 《대설주의보》 《고슴도치 마을》 《진흙소를 타고》 등

물소가죽가방

문명엔 너의 죽음이 필요하다
대륙간 횡단열차가
벗겨진 너의 가죽을 나르고
노동자들은 무두질과 염색을 시작한다
쇼윈도우 속에 진열되는
사무용 물소가죽가방
문명엔 너의 식욕이 필요하다
서류를 먹고
숫자와 전자계산기를 먹고
열쇠꾸러기와 금박의 명함을 먹고
뚱뚱해지는 너
이제 너에게 죽음은 없다
관청과 회사들 사이에
뱃가죽을 내밀고 숨쉬면서
너는 이제 도살의 음모에 가담한다
너의 숫자는 복제인간들처럼
거세된 물소들 사이에 불어난다
누가 물소인가
물소가죽가방으로
물소를 때려 눕히는 서울에서

타클라마칸

물렁하게 녹는 아스팔트에
황금빛 헛발을 디디는 여름햇살,
거대한 소금상자 같은 빌딩들,
서울에서 나는 형편없는 낙타였다
벌어진 구두 같은 아가리로
종이컵의 거품을 핥던 사랑,
매음이었지 거듭 속는
신기루였지
창녀들이 물주머니를 꺼내 파는
서울의 질겨빠진 욕망도
더러운 말도
병든 낙타를 타고 껄껄대는 포주들도
타클라마칸 사막 앞에선
굵은 이(虱)의 목마름,
더러운 것들을 깨끗이 모래로 부숴
광활한 품에 안는
타클라마칸 사막 앞에선

대머리 독수리

바위산 높은 곳에 우뚝 앉아 있는
죽음의 왕은 대머리,
탐욕으로 꼬부라진 부리가
우리의 살을 기다린다
그 대머리를, 피의 투구를
보지 말았어야 했어
눈은 쬐그매도 억센 왕발톱으로
무력한 살덩어리들을 찢어놓고
내 잔인무도함을 보라는 듯
겅중거리며 겁주는 붉은 대머리의
그 대머리 백정의 도끼 부리를
부러뜨려야 했어
이렇게 죽음의 왕을 놀리면서도
나는 그를 향해 제물처럼 가고 있지
아예 몸이 없었어야 하는 건데
몸이 없어야 치욕이 없고
두개골 속에 불길한 불꽃이 없고
죽음도 없고 죽음에의 집착도 없고
지레 무덤에 눕는 늘큰한 무력감도 중얼거림도
누워서 시뻘건 대머리에 침 뱉는 일도 없었을 텐데

지루하게 해체중인 인생

괄약근이 늘어지는 길을
나는 내려간다
배설조차 긴 기다림과 인내의 고통이 되는
지루한 늙음의 길을 지나
진흙구덩이로 내려가는
묵직한 관,

무덤들, 정화조들,
더러운 덩어리를 쪼개 안고 떨어지는
변기의 폭포

나는 부서지며 흘러내리는 덩어리,
찐득하게 뭉쳐져 흘러내리지만
중심은 없다, 똥처럼
작게는 조각들로 뭉쳐진 채
크게는 엄청난 한 덩이를 이루면서
끌어모으고, 덧붙이고, 부풀리려 애쓰지만
그 욕망에도 중심은 없다
나는 중심 없는 덩어리,
모든 조각들이 와르르 흩어져 버릴

그날을 향해 미끄러져 내려간다
더러운 흔적을 남기면서
보이지도 않는 밑바닥을 향해 꿈틀대면서

새

푸른 하늘을 보라는 듯이
새는 철탑 꼭대기에서 거꾸로 떨어진다
날개가 어떻게 몸을 이끄는지 보라고
날개를 접은 채 떨어진다
너희들은
뚜껑 없는 숲에
잠시 소풍온 듯 평화롭게 살라고
이제는
이제는
진저리나게
더 이상 피 흘리지 말라고
새는 구멍이 뚫린 채 떨어진다

온몸을 기꺼이
숲의 거름흙으로 돌려주고
다시는 부활하지 않는 새

봄마다 부활하는
숲이 속삭인다
우리는 그 새의 날개를 나누어 가졌다고

이 숲에
제 형제를 죽인 자가 있었다고

꽃 피는 죽음의 나무

수음할 줄 아는 나이면
몸 안에 죽음의 나무도 꽃 피는 법,
꽃 비린내 나는 정충들 속에
죽음의 씨를
뿌려놓는 죽음의 나무는
뿌리를 몸에 박고 자라난다
그 무성해진 잎사귀들이
검버섯,
죽음의 나무가
앙상한 몸을 꾸부정하게 뒤틀면서
넘어지는 날은
우리들 몸이 넘어지는 날,
벌목(伐木)할 수 없는
죽음의 나무 뿌리 밑으로
저승의 강이 흐른다
나
죽으면
죽음의 나무도 죽고
증발하는
저승의 강

작품 안의 내명(內明)함을

김 남 조(시인·숙명여대 명예교수)

시의 평가 기준은 여러 가지가 있을 수 있다. 나의 생각으로는 작품이 주는 감동의 내면적 영향이 매우 중요하다고 여겨진곤 한다. 이번 소월시문학상 후보시인의 작품은 모두가 그 나름의 개성과 장점을 지니는 것이었고 고르게 수준유지를 하고 있는 중에 몇 분의 시는 별달리 빛나고 있다.

그 중에서 정호승 시인을 수상자로 결정한 이유를 나로서 말한다면 그의 작품이 어둠과 혼돈 등의 바람직하지 못한 현실국면을 결코 외면하지 않으면서 그것의 타개를 위한 결의와 지혜를 사랑과 희망의 조명 안에서 구하고 있는 점이라고 하겠다. 빛과 그늘이 언제나 그의 작품 속에 함께 있으면서 서로의 살결을 허무는 충돌적 양상 아닌 화해의 지향으로 나타나곤 하는 점이 매번 귀하게 느껴지던 것이다. 그의 문학정신에는 분명히 어떤 내명한 빛이 있다고 말하겠으며 이번의 영광은 이러한 성질이 얻게 된 공감과 찬동의 몫이 컸었다고 하겠다.

준마처럼 시의 초원을 달려주길

김 용 직 (문학평론가·서울대 명예교수)

　최종까지 거론된 시인들은 세 사람이었다. 김형영, 최승호, 정호승 등이 그분들이다. 나는 이분들 이외에도 김승희와 이성복을 논의 대상에 포함시킬 것을 제의했다. 모두가 진지하고 온당한 논리를 펴면서 이야기가 진행되었다. 총체적인 의견으로는 모두가 그만 그만한 수준은 된다고 판단했다. 다만 소월시문학상의 권위를 위해 좀더 우뚝한 시인이 아쉬웠던 것이다. 김형영의 시어는 정서의 전개가 볼만했다. 그리고 최승호에는 전류에 손을 대었을 때와 같은 충격이 있다. 반면 정호승은 온건주의자다. 마지막에 그를 위해 표를 던진 것은 문단 경력과 역량에 신뢰가 갔기 때문이다. 다만 이번 작품들은 두드러지게 참신한 것이 없다. 앞으로는 이런 사실에 유의하며 준마처럼 시의 초원을 달려주길 바란다.

돋보인 시적 진술의 메타포

이 어 령(문학평론가)

이번 제3회 소월시문학상의 후보작 중에서 필자가 주목한 시인은 김형영, 최승호, 정호승 등이다. 세 시인의 시들이 모두 독특한 개성의 목소리를 갖고 있으며, 정서의 균형을 보여 주고 있다는 점에서 수상작으로서 나무랄 데가 없다는 생각이 든다. 최승호의 경우는 번득이는 기지와 뛰어난 언어 감각이 돋보인다. 그러나 신인다운 패기에도 불구하고 시 세계의 불안정을 완전히 벗어나지 못하고 있다. 반면에 김형영의 경우는 시적 방법과 정신이 모두 다른 후보작보다 중량감을 지니고 있음을 높이 살 만 함에도 불구하고 평범하다는 지적을 면하기 어렵다.

정호승의 시에는 리듬이 없다. 너무 매끄러운 리듬으로 인해 리듬을 의식하기 어렵다는 말이다. 이것은 커다란 약점으로 지적될 수도 있다. 그런데 정호승의 시에는 메타포의 구조가 시적 긴장을 지탱하게 한다. 〈임진강에서〉와 같은 작품에서는 단편적인 메타포의 활용이 아니라 시적 진술 자체가 하나의 메타포를 구성하기도 한다. 쉽게 읽히는 시적 진술 속에 의미의 깊이를 더해 주는 방법을 이 시인이 체득하고 있다는 사실이 주목된다.

정열을 다시 확보하기를

황 동 규(시인·서울대 교수)

마지막으로 남은 사람은 최승호, 김형영, 정호승이었다. 모두 과거에 자신의 됨됨을 익히 보여준 시인들이었다. 대상작품들이 과거의 이미지를 따르지 못하는 점이 마음에 걸렸지만, 세 시인 모두 수상작가로 부족함이 없다고 생각되었다.

그럼에도 불구하고 정호승을 수상자로 택한 데는 아쉬움이 있었다. 위 세 사람 가운데 가장 무딘 면이 보였기 때문이다. 그의 근자 작품에는 우선 속도감이 없고, 상투적인 표현이 많이 나타나고 있는 것이다. 그리고 정열이 부족한 것도 흠이라고 생각된다. 그러나 그의 작품에는 어떤 품격 같은 것이 들어 있다. 이번 수상에 계기가 되어 속도감(빨라져야 할 때는 빨라지고, 늦출 때는 늦출 수 있는), 신선함 그리고 무엇보다도 정열을 다시 확보하기 바란다. 이럴 때는 커져서 나 같은 심사위원에게 쇼크를 주는 일이 수상자와 심사위원에게 모두의 환희가 될 것이다.

좋은 시인들이 좋은 시를

김 현(문학평론가)

나는 최두식, 이성복, 김용택 씨 중에서 한 분이 수상하기를 바랐다. 최두석 씨의 이야기시, 이성복 씨의 연애시, 김용택 씨의 우의(알레고리)시에 대한 끈질긴 집착은 주목의 대상이 될 만 하다고 생각했기 때문이다. 그러나 그 세 시인 중의 그 누구도 마지막에 남은 세 사람의 시인 중에 끼지 못했다. 마지막으로 남은 김형영, 정호승, 최승호 씨 중에서는 김형영 씨가 받기를 바랐다. 정호승, 최승호 씨는 물론 좋은 시인들이지만 금년에 발표한 시들은 자기 시의 수준에 못 미치는 것처럼 느껴졌고, 김영형 씨 역시 전의 시들보다 더 뛰어난 시들을 썼다고는 할 수 없으나, 적어도 유형화되지 않으려는 노력만은 보여 준다고 생각되었기 때문이다. 그러나 대다수의 의견은 정호승 씨에게 기울어졌다. 나는 그 의견 중에 어떤 것들은 받아들일 수 없었으나, 어떤 것들은 받아들일 수 있었다. 나는 내 판단이 틀렸기를 바라고, 그 결정을 받아들였다. 물론 동의해서는 아니고, 이해해서이다. 앞으로 내 판단이 틀렸다는 것을 보여 줄 훌륭한 시를 많이 쓰기를 바라며, 축하한다.

시대를 노래하는 낮은 목소리

권 영 민(문학평론가·서울대 교수)

후보작 가운데에서 이성복, 최두석, 최승호, 정호승의 작품을 특히 주목하였다. 그러나 최두석, 최승호의 경우는 시적 인식의 투철성이나 가열된 시정신을 지닌 뛰어난 시인임에도 불구하고, 80년대의 시단에서 활동한 경력만으로는 아직 그 시적 위상을 판별하기 어렵다는 생각을 떨쳐버릴 수가 없다.

이성복의 경우에는 최근 서정적인 시풍을 살리면서 자신의 지적인 태도를 상당부분 감추고 있는 것처럼 보인다. 그런데 그 정조(情調)의 단조로움을 극복할 수 있는 시적 상황의 설정이 미흡하다는 생각이다.

정호승의 경우에도 〈서울의 예수〉를 발표하던 시절보다 시적 긴장이 부족하고 일종의 매너리즘에 빠져버린 것이 아닐까 하는 우려를 느낄 수 있도록 만드는 작품들이 없지 않다. 하지만 정호승의 시가 지니는 미덕은 시적 의욕을 과장하지 않는다는 데에 있다. 모든 시인들이 유별나게 보이기 위한 온갖 몸짓을 해 보이는 시대에 오히려 움츠리고 소리 낮춰 노래하는 시인이 있다는 점도 독자들은 알아차려야 할 것이다.

시의 신비와 삶의 신비

정호승

그저 송구스러울 따름입니다. 소월의 이름으로 주어지는 시문학상을 과연 내가 받아도 될 것인가 하는 의구와 자책이 앞섭니다.

이 시대 이 땅에서 시를 쓰며 산다는 것이 큰 자랑도 아니며, 때로는 어리석음이며, 때로는 시가 우리 사회의 그 어떤 문화적 장식에 불과하다는 것을 그 누구보다도 잘 아는 나로서는 오직 시의 순결한 길을 걷고 있는 다른 젊은 시인들 앞에 오직 부끄러운 뿐입니다.

나는 한때 1981년부터 1986년까지 한 5년 동안 통 시를 쓰지 못했습니다. 시인이라면 누구나 다 느끼게 되는 그런 생각, 시는 써서 뭐하나, 이 시대의 삶 속에는 시보다 더 중요한 그 무엇이 있을 텐데 하는 생각들 때문에 나는 아예 시쓰기를 포기한 적도 있었습니다. 실천과 행동이 없는 관념적 민중주의자의 모습을 나의 얼굴에서 발견할 때마다 나는 참으로 참담하기 짝이 없었습니다.

실제로 나는 그 무렵 하루하루 열심히 사는 일이 더 절

박했습니다. 인생의 몇 가지 비밀, 이별과 사랑과 죽음의 비밀과, 시대와 역사의 무서운 비밀을 처음으로 엿보게 된 나는 그 충격이 무척 컸습니다.

나는 그때 인간이란 그 얼마나 악한 존재이며, 또 그 얼마나 불쌍한 존재인가 하는 것을 비로소 깨달을 수 있었으며, 문학적 삶과 일상적 삶이 거창하게 구분돼 있지 않다는 것을 잘 알 수 있었습니다. 또 삶 속에는 시보다 더 중요한 그 무엇이, 문학과 더 중요한 그 무엇이 분명히 있다는 것을 깨닫게 되었습니다.

그래서 나는 요즘 시란 삶의 부스러기 같은 것이 아닌가 하는 생각을 해봅니다. 그 부스러기를 누가 얼마나 소중히 여기는가 하는 것이 문제이며 시를 쓴다는 것은 삶의 부스러기를 쓸어 모으는 일이 아닌가도 싶습니다. 역사와 삶의 부스러기를 소중히 모으는 일이야말로 바로 시인이 할 일이라고 생각해 봅니다.

상이란 어머니의 따스한 손길, 아버지의 뼈아픈 눈빛 같은 것입니다. 소월의 이름으로 주어지는 이번 수상을 계기로 시의 신비와 삶의 신비가 무엇인지 열심히 공부했습니다.

대구시 신천동 그 가난했던 시절, 남의 집 부뚜막 위에 앉아, 작고 때묻은 가계 수첩 위에다, 소월의 민요조와 같은 시를 쓰시던, 지금은 늙으신 내 어머님께 이수상의 영광을 돌립니다.

제3회 소월시문학상 작품집

초판 발행―1989년 5월 20일
 2판 1쇄―2002년 7월 25일

지은이 ― 정 호 승 외
펴낸이 ― 전 성 은
펴낸곳 ― (주)문학사상사
주소 ― 서울특별시 송파구 오금동 91번지(138-858)
등록 ― 1973년 3월 21일 제1-137호

편집부 ― 3401-8543～4
영업부 ― 3401-8540～2
팩시밀리 ― 3401-8741～2
홈페이지 ― www. munsa. co. kr
전자우편 ― munsa@munsa. co. kr
대체계좌 ― 010017-31-1088871
지로구좌 ― 3006111

ISBN 89-7012-419-5 03810

高銀 長詩
고 은 장시